Le passé sera toujours présent

Mona Violette (Texte)

Sophie Trélat (Illustrations)

Le passé sera toujours présent

Nouvelle

© 2023 Mona Violette

Édition : BoD – Books on Demand, info@bod.fr
Impression : BoD – Books on Demand, In de Tarpen 42, Norderstedt (Allemagne)

Impression à la demande

Illustration : Sophie Trélat

ISBN : 978-2-3224-8684-7
Dépôt légal : août 2023

Pour mes filles, mon frère et mes parents

PROLOGUE

Marie S, jeune fille épanouie malgré une enfance marquée par une colonne vertébrale fragile… pas assez droite pour pousser naturellement. Elle fut éduquée à la façon traditionnelle des familles d'antan. Dure au travail, dure à la peine mais dans un flot d'amour et dans l'esprit que tout sacrifice est finalement récompensé. Issue d'une famille où les têtes féminines sont les plus marquantes, parce que les hommes ont des faiblesses que seules les femmes savent dépasser. Alors elle affirma une soif d'apprendre et une force de travail qui lui démontrèrent que l'antienne familiale était juste. Bien sûr, une fausse rivalité avec un frère brillant et cette fameuse colonne vertébrale symbole d'une architecture solide se transformèrent ici en doutes et failles… mais ce qu'elle y perdit en confiance en soi, se transforma en besoin de séduire pour être rassurée. Et là elle excellait comme personne. Mais comme la vie est injuste, elle ne rencontra pas tout de suite celui qui saurait la révéler à elle-même… au contraire, elle faillit se perdre avec des esprits confus et instables puis elle trouva celui en qui elle pensait voir l'*Alpha* et l'*Oméga* de la vie amoureuse. Elle se contorsionna dans les positions les plus scabreuses, faisant fi d'une colonne vertébrale busquée et par bonheur, elle reçut un présent du ciel. C'est ainsi qu'elle fonda une famille.

Ailleurs, Eugène C, naquit de manière improbable de l'union d'une femme venue de loin et dont le pays n'existe plus et d'un homme fragile né à Paris mais sans avoir été affranchi des codes de cette ville lumière. Elle crut avoir trouvé en un homme cultivé et raffiné les charmes de l'ailleurs qui la sauveraient de ce monde injuste. Eugène, lui, comprit assez tôt les fragilités de cette union et si sa colonne vertébrale était réputée solide, c'est toute une architecture de vie qui était tremblante. Ne sachant pas ce qu'était le vrai amour, une vraie famille, il s'investit sans retenue dans une vie d'homme dont le seul axe de progression était de ne pas reproduire ce qu'il avait connu. Il passa des heures, des jours… des années à se promettre qu'il trouverait son *alter ego* avec qui la vie serait douce et simple. Il s'éprit d'une femme dont il pensait qu'elle l'aiderait à changer sa vie en lui apportant la force de le faire… mais chasser le naturel et il revient au galop. Très vite Eugène retrouva des codes anciens qui le renvoyaient vers un connu auquel il croyait avoir renoncé, des doutes perpétuels sur l'Amour. Alors sa bien-aimée décida au nom de la vérité de ne pas faire semblant quoi qu'il en soit et elle se promit que demain serait ce qu'elle voudrait en faire avec comme seule limite, rester honnête avec Eugène. Ils se quittèrent. Plus tard il rencontra une femme venue d'ailleurs elle aussi, si belle qu'elle lui tournait la tête, passionnée et attentionnée mais peut-être trop douce pour affirmer sa part dont Eugène rêvait. De cette union naquit une fille.

Sara C est née bien après le XXème siècle, elle reçut beaucoup d'amour de la part de ses parents et d'autres encore ont contribué à la faire pousser droit. Forte de l'amour des siens et de la force de conquérir son bonheur, elle apprit assez tôt que deux personnes qui s'aiment au point de donner la vie peuvent aussi se déchirer sur tout le reste. Elle apprit très vite que le bonheur ne se décrète pas mais qu'il se ressent. Elle décida de passer sa vie à travailler sur son bonheur et remporta quelques succès.

Une certaine Adéla S est née bien après le XIXème siècle au nord de l'Italie qui traversait encore des soubresauts historiques si intenses que la population fuyait en quête d'une vie plus douce et plus aisée ailleurs. C'est ainsi qu'elle s'en alla de l'autre côté des Alpes chercher le bonheur auquel elle aspirait. A combien de choses a-t-elle dû renoncer par-delà sa langue, sa culture, les odeurs de son enfance pour se reconstruire ailleurs… personne ne le sait autant qu'elle.

Pourtant, Sara sans le savoir perpétue une tradition féminine familiale, le bonheur ne s'attend pas, on va le chercher. C'est ce que sa mère lui apprend chaque jour, que la vie bien qu'injuste par nature est belle et mérite toute notre attention pour marcher vers son propre bonheur.

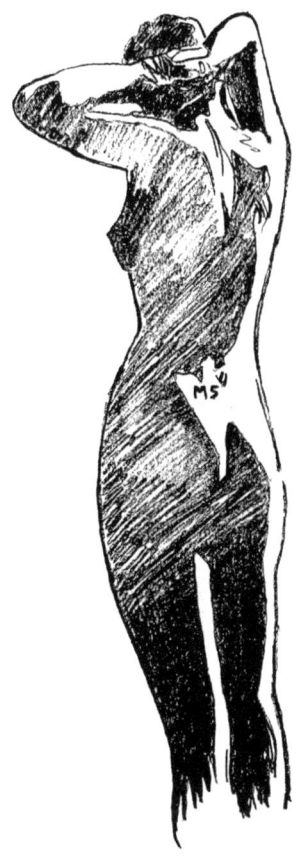

CHAPITRE 1

SARA

Paris, 10 ans et 7 mois avant

Sara !

Sara ouvre un œil difficilement. Elle tire sa couette et se retourne. La voix de sa mère retentit encore.

Sara ! Ma douce ! Réveille-toi ! C'est l'heure du petit-déjeuner…

Sara s'étire. Elle n'a pas assez dormi _ elle a encore lu en cachette hier. Pourquoi aller se coucher alors que les grandes personnes ont le droit de regarder la télévision jusque tard dans la soirée ? Elle sait pourtant qu'il faut se lever. Lorsque sa mère l'appelle, il faut obéir, mais elle aime se faire désirer. Elle aura sûrement encore des câlins. Elle aime tellement les câlins ; elle aime prendre le temps. Surtout en ce moment, pas la peine de se dépêcher pour être à l'école à 8h30, elle fait la classe à la maison, et ça lui plaît. Enfin, ses copines lui manquent tout de même...

Sara ! C'est prêt, tu viens ?

La fillette repousse sa couette rose à regret, pose son doudou sur l'oreiller. Elle se lève tranquillement, avant de rentrer dans la cuisine-salle à manger où s'impatiente sa mère. Son père Eugène est déjà prêt, occupé à ranger les papiers dispersés sur le bar. La vue de la lumière fait grimacer Sara. Elle éternue. Deux fois.

A tes souhaits ; à tes Amours !

Sa mère lui sert un chocolat chaud et lui tend trois tartines. Des tartines de pain beurrées avec de la confiture de fraise, sa confiture favorite. Sara s'approche d'elle et se laisse enlacer chaleureusement. Ses yeux se ferment et elle sourit. Elle pourrait se rendormir. Elle compte jusqu'à 10 (son âge), se retourne, regarde sa mère et lui dit bonjour. Elle la trouve belle dans sa longue jupe bleue. Le temps s'arrête. L'odeur du pain fraîchement grillé les enveloppe. Eugène vient les enlacer à son tour, avant de préparer son ordinateur. Il a l'air pressé. Il doit se dépêcher car dans cinq minutes, il a un *call*[1] qui commence avec ses collègues suédois. Aujourd'hui, c'est son tour de s'installer dans la chambre, sur la planche à repasser, précise-t-il. Pas de place pour un bureau dans leur 67 m²… Sara déguste ses tartines, elle va faire l'école comme chaque matin avec sa mère et cet après-midi, elle *skypera*[2] avec sa cousine pour réviser la grammaire pendant que sa mère travaillera dans le salon. Vivement la fin du confinement. Combien de temps cela va-t-il durer encore ?

---

[1] Appel téléphonique
[2] Effectuer un appel vidéo à partir de l'application de messagerie *Skype*

Rome, mardi 31 décembre 2030

Sara enfourche son vélo et quitte le campus à grandes pédalées. Elle s'est levée trop tard, elle n'a pas entendu son réveil. Elle a promis à sa binôme de chimie de venir l'aider à préparer la soirée du nouvel-an. Elles veulent cuisiner des spécialités françaises pour la soirée *Erasmus* de l'*Università Campus Bio-Medico di Roma*[3]. Elle a intégré la formation en septembre et veut se spécialiser en pédiatrie. Son rêve se réalise petit à petit : étudier à l'étranger et faire un métier utile où elle peut aider les gens. C'est le contexte sanitaire de ces dernières années qui l'a décidée. Voir ses parents galérer chaque année au retour des virus (c'est le 4ème en 10 ans) en devant se partager entre le bureau, le télé-travail à la maison, les plans de licenciement subis par son père, les batailles de sa mère pour faire sa place dans ce milieu masculin (surtout depuis les *Covids* qui ont aggravé les disparités), les cours à distance pour elle, les annulations de stage…, bref, elle a choisi, elle veut participer activement à cette spirale médicale infernale. Elle le veut vraiment. L'air frais de décembre l'éveille un peu. Le vent dans l'allée lui fouette les yeux et les pommettes. Le masque la gêne, avec les lunettes ce n'est pas pratique, ça fait toujours de la buée. Il faut bien le mettre, marmonne-t-elle, les autorités l'ont rappelé hier, le *Covid-30* est de retour, de nouvelles règles sanitaires vont être annoncées, le service Pandémie du *Ministero della Salute*[4] voudrait éviter un long confinement cette fois. Les hôpitaux connaissent déjà une recrudescence de cas avec l'arrivée brutale de l'hiver. Les profs le répètent sans cesse, il faut prendre soin de soi et des autres, alors elle met son masque et fait son dépistage hebdomadaire. Bon, au moins il lui réchauffe le bas du visage. Vivement ce soir, elle va s'éclater ! Cinq personnes par pièce maximum, il faudra veiller à bien respecter les quotas sanitaires, remarque, on commence à avoir l'habitude de danser à distance…

---

[3] Université de Rome « Campus bio-médical »
[4] Ministère de la Santé

CHAPITRE 2

ADELA

Epernay, 10 ans et 7 mois avant

Comme chaque matin, Adéla descend dans la cuisine pour regarder le temps qu'il fait ; il fait soleil donc elle pourra faire sa sortie quotidienne sur la place de la Mairie à deux rues de chez elle, elle n'y croise pas grand-monde ces dernières semaines mais c'est tout, comme elle dit, ça l'aère. Depuis ce confinement, elle ne peut même plus rendre visite à ses amies à la maison de retraite. A midi, elle appellera Marie (sa fille) pour prendre des nouvelles ; elle est si fière d'elle, même si elle s'inquiète pour ses problèmes de santé. L'a-t-elle appelée samedi dernier ? Elle ne sait plus... Jamais elle n'a connu telle période, même pendant la guerre. Il lui reste quelques souvenirs même si elle était toute petite. Quelle drôle de vie ! Sa femme de ménage ne peut plus venir elle non plus. Si son défunt mari était encore là, que dirait-il, s'interroge-t-elle. Il ne supporterait pas qu'on lui interdise de sortir, ça c'est sûr... Elle secoue la tête, l'air de rien, et sourit, le bruit de la *Bialetti*[5] vient la sortir de ses pensées.

---

[5] Marque de cafetière italienne

Epernay, mardi 31 décembre 2030

A cette heure, tout est calme dans les couloirs de la maison de retraite. Bientôt, l'espace bourdonnera de mille sons, conversations, cliquetis de fourchettes, mais pour le moment, on n'entend que le silence et, à peine, l'écho des pas d'Adéla. Elle déambule jusqu'au salon réservé aux jeux et dépose le *Scrabble* sur l'étagère. Elle attrape le gel, badigeonne ses mains puis les plonge dans la cuvette de brouillard désinfectant. Elle applique à la lettre les nouvelles recommandations en vigueur. Puis elle remet en place la charlotte sur sa tête, une précaution indispensable ici – il ne faut pas prendre le moindre risque – sa petite-fille Sara n'arrête pas de le lui répéter quand elle lui téléphone le dimanche soir. Elle est si admirative de Sara qui comme elle a osé quitter son pays à la poursuite de ses rêves. Quelle fierté ! Telle mère, telle fille, se dit-elle, autonome et courageuse, c'est comme cela qu'elle a éduqué Marie d'ailleurs. Elle a parfois l'impression que le temps s'est arrêté. Elle poursuit son chemin dans les pièces annexes, elle se sent bien. C'est un doux sentiment qui l'envahit, la certitude d'une étrange perpétuation des choses.

CHAPITRE 3

MARIE

Paris, 10 ans et 7 mois avant

Marie s'éveille avec une sensation étrange. Elle a oublié de préparer sa présentation *PowerPoint*[6]. Quelle poisse ! C'est rare que cela lui arrive. Mais avec le confinement, tout est chamboulé, ce sont des journées à rallonge, elle est fatiguée. Elle doit penser à la logistique des repas, au travail scolaire de sa fille et à son propre job. Même si avec Eugène, ils essayent d'alterner les tâches et de découper les journées en deux, ce n'est pas toujours parfaitement équitable. C'est quand même elle qui s'occupe de Sara. Même si elle le fait avec entrain. Elle pourrait partager son expérience auprès de *Femmes & Sciences*[7], une association dans laquelle elle s'est engagée en début d'année. Et ses comptes-rendus médicaux la tracassent. Elle a 40 ans, c'est sûrement un cap à passer. L'important c'est la famille, et en ce moment, elle en profite un maximum, conclut-elle avec une certaine satisfaction.

---

[6] Logiciel informatique de présentation pour faire un diaporama
[7] Association française visant à promouvoir et valoriser les carrières scientifiques et techniques auprès des jeunes filles et des jeunes femmes

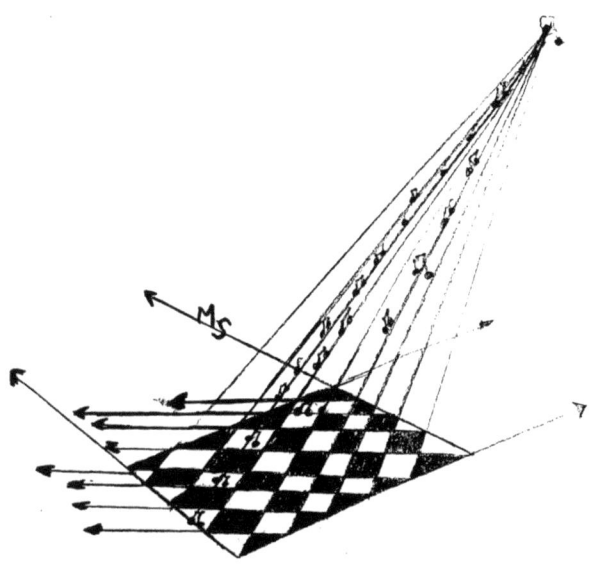

Paris, mardi 31 décembre 2030

Bon on ne s'embrasse pas, mais le cœur y est, lance Marie vers son couple d'amis, les yeux pétillants de bonheur. C'est vrai l'année qui vient de s'écouler a été ponctuée de victoires : la fin de sa rééducation, la création de son *labo* de recherches, une rentrée réussie pour Sara et le retour d'Eugène à la maison... Cet hiver, pas de vacances au ski, leur station dans les Vosges vient de fermer, la faute au réchauffement climatique, il faudrait peut-être songer à vendre le chalet d'ailleurs. Pourquoi ne pas aller voir Sara avec Adéla si les frontières rouvrent ? A cette pensée, elle sourit et enlace son mari.

EPILOGUE

Voilà l'histoire de trois femmes que je voulais vous conter. Trois femmes, trois générations, une même quête de bonheur malgré les époques. La littérature est le miroir qui montre le passé, qui rend compte du présent et qui nous annonce l'avenir.

Même les peuples les plus anciens et considérés comme les plus sauvages se racontaient auprès du feu les histoires de leurs ancêtres pour se préparer à leur histoire à venir…